L'ÉLÉGANCE

DIALOGUE

SUR L'EMPLOI DES FIGURES

DANS LA CONVERSATION

COMPOSÉ

Pour les distributions de prix et les récréations littéraires dans les
Pensionnats de demoiselles

Par J.-A. GUYET

PREMIÈRE PARTIE. — FIGURES DE MOTS

Prix : 76 centimes

PARIS

LIBRAIRIE CLASSIQUE D'EUGÈNE BELIN

RUE DE VAUGIRARD, Nº 52

1877

—

MARIE, *au fond.*

PAULINE   CAROLINE
ISABELLE   EMILIE
FRANÇOISE   AGATHE
HORTÉNSE   LAURE
CLAIRE   EUGÉNIE
ADRIENNE

Le théâtre représente un salon. Au fond, sur une petite estrade, la table et le fauteuil de la présidente. Sur la table, une baguette. Devant la table, trois chaises. A droite et à gauche, quatre autres chaises de chaque côté.

Les interlocutrices placées en demi-cercle, en face des auditeurs, dans l'ordre qui vient d'être indiqué, resteront debout jusqu'au moment où la présidente distribuera les rôles et invitera tout le monde à s'asseoir. L'assemblée présentera alors l'aspect suivant :

MARIE

(*Au fond, sur l'estrade.*)

AGATHE, HORTENSE, EUGÉNIE

Groupe des figures de mots.

CAROLINE   PAULINE
ÉMILIE   } *Groupe*   ISABELLE   } *Groupe des*
LAURE   } *des tropes.*   FRANÇOISE   } *figures de*
CLAIRE   ADRIENNE   *pensées.*

NOTA.— Les principaux rôles, après celui de Marie, sont ceux d'Emilie, Hortense, Isabelle et Adrienne.

L'ÉLÉGANCE

DIALOGUE

SUR L'EMPLOI DES FIGURES

DANS LA CONVERSATION

MARIE.

Il y a longtemps, mes amies, que nous avons l'intention de nous entretenir des figures de rhétorique. Ce sujet, une fois compris, nous permettra d'aborder les secrets du langage. Voulez-vous que nous le traitions aujourd'hui ?

ÉMILIE.

Vous pensez, Marie, que nous sommes assez fortes pour raisonner sur cette grave matière ?

MARIE.

Je sais bien que certaines figures peuvent nous donner quelque embarras ; mais, en nous aidant mutuellement, nous pouvons retirer un grand avantage de cet exercice. Il nous servira à discerner les artifices de la parole dans le monde, à faire un emploi judicieux des tropes dans la conversation.

LAURE.

Vous parlez des *tropes* seulement, Marie, et les autres figures ?

MARIE.

C'est à dessein que je signale les tropes comme des artifices, de véritables ruses qu'il faut connaître, d'une part, pour se méfier des piéges qui peuvent nous être tendus dans les relations sociales, d'autre part, pour les employer honnêtement, mais avec adresse, lorsque nous voudrons réussir dans nos entreprises.

CLAIRE.

Je me rappelle qu'une de nos maîtresses nous a dit que les tropes étaient nés du raisonnement et de la malice naturelle à l'homme, ce qui n'est dans aucun livre.

CAROLINE.

C'est sans doute pour ce motif que les personnes qui n'ont pas reçu d'éducation les emploient si fréquemment.

MARIE.

Il y aurait bien à dire sur ce point. Quant aux figures de pensées, ce sont les filles du sentiment. Si nous sommes émues de quelque manière, nous n'employons pas un trope, mais une figure de pensée. C'est un élan du cœur.

PAULINE.

Mais lorsqu'une marchande de la halle vous invective parce que vous discutez poliment ses prix, elle emploie aussi les figures de pensées.

ISABELLE.

Ah! non. Soyez sûres, Mesdemoiselles, qu'elle se servira d'un trope. Il se peut que la marchande emploie une tournure oratoire, l'apostrophe, l'exclamation, l'interrogation, et c'est ce qui arrive ordinairement. Mais la figure de pensée, si je ne me trompe, ne consiste pas en un simple trait; son emploi doit durer assez de temps pour être remarqué, et pour frapper l'auditeur.

MARIE.

Sans doute.

ISABELLE.

La marchande ne fait donc point une figure de pensée. Il ne reste que le trope.

MARIE.

Tout cela est fort juste.

FRANÇOISE.

Mais cela est peu clair; je voudrais un exemple.

ADRIENNE.

J'en sais un fort remarquable. M'est-il permis de le citer?

MARIE.

Parlez, Adrienne.

ADRIENNE.

Maman a l'habitude de faire elle-même ses provisions de ménage, accompagnée de sa bonne. Un jour elle s'en alla au marché au poisson. Le prix d'une pièce lui parut exagéré, et la bonne se mit à le discuter. Après quelques répliques, la marchande courroucée dit à la bonne : *Passe ton chemin,* PILOTE! Sur quoi maman s'éloigna au plus vite, en riant de bon cœur autant de l'apostrophe de la marchande que de l'étonnement de sa bonne.

AGATHE.

Mais je suis comme la bonne, c'est-à-dire, étonnée de la réplique sans la comprendre.

ADRIENNE.

Ah ! voici l'explication : Le *pilote* est un petit poisson qui accompagne le requin autour des vaisseaux en pleine mer, pour se nourrir, comme lui, des débris des équipages. En donnant à la bonne, le nom de *Pilote*, la marchande, tout en caractérisant fort bien son emploi, avait trouvé le moyen d'insulter tout à la fois la bonne et maman qui se trouvait ainsi comparée à un requin, poisson vorace, qui veut se régaler sans payer.

HORTENSE.

Je retiendrai cette anecdote. Tel est donc l'effet piquant des tropes.

MARIE.

Il y en a d'autres encore.

EUGÉNIE.

Mais nous sommes déjà en pleine discussion générale. Nous pourrions passer aux détails.

MARIE.

Eugénie a raison. Mais il faut auparavant nous partager en autant de sections qu'il y a de genres. Vous savez déjà qu'il y a trois familles de figures.

CAROLINE.

Oui, les figures de mots, les tropes, et les figures de pensées.

MARIE.

Définissons les figures de mots.

ÉMILIE.

On aurait dû nommer les figures de mots : *figures grammaticales*. Ces figures appartiennent en effet à la grammaire. C'est l'expression qui seule forme la figure ; si on change la première, la seconde disparaît.

LAURE.

Voilà qui est très-bien ! mais cela aurait besoin d'un exemple explicatif.

CLAIRE.

Un grand poëte a dit :

> Trois sceptres à son trône attachés par mon bras
> *Parleront* au lieu d'elles et *ne se tairont pas.*

Parler et *ne pas se taire* forment la figure de mots qu'on nomme *pléonasme*. Mais quel bel effet obtenu par ces simples mots ! Ce langage des choses inanimées qui parlent sans cesse sans jamais se taire est profond comme le souvenir. Si on remplace l'expression par une autre, comme : *ces sceptres parleront toujours,* il n'y aura plus de pléonasme, la figure aura disparu, et avec elle la beauté de la pensée.

MARIE.

Cet exemple est très-bien choisi.

PAULINE.

Nous comprenons ; mais dans les tropes, la même chose a lieu ; en supprimant le trope, il n'y a plus de figure. Si, dans l'anecdote citée per Adrienne, la marchande avait dit à la bonne : *Passe ton chemin, jeune fille,* la figure eût été détruite.

MARIE.

Cela est très-vrai. Aussi les tropes sont-ils considérés comme des figures de mots. Mais ils doivent former une famille à part; car ils diffèrent essentiellement des figures grammaticales. Qui veut nous expliquer clairement cette distinction délicate? Dévouez-vous, Isabelle !

ISABELLE.

Volontiers. Le mot *trope,* disent nos auteurs, est tiré du grec ; il signifie *qui tourne.* Le trope, en effet, prend une expression dans sa signification naturelle ; il *la retourne,* et lui donne une signification nouvelle. Ce changement a lieu en faisant passer l'expression de l'ordre physique ou naturel, dans l'ordre moral ou d'imagination. Par exemple, si je dis de mon amie *Françoise* que voici (*Elle indique sa voisine*), *c'est un rossignol,* chacun comprendra que je fais allusion à sa belle voix et à son talent de musicienne. J'aurai pris dans la nature le nom du rossignol, l'oiseau chanteur par excellence, j'aurai *retourné* ce nom, pour l'appliquer à un don de l'intelligence, au moyen du trope qu'on appelle *métaphore.* De même, si je dis de mon amie Pauline : *c'est une Jeanne d'Arc,* je prends dans l'histoire le nom d'une héroïne ; et, *retournant* ce nom, je l'applique à l'intrépidité et au courage que Pauline a montrés en diverses circonstances, et cela, au moyen d'un trope appelé *antonomase.*

Ces noms de tropes ne sont pas beaux, Mesdemoiselles ; mais il faut nous y habituer. La liste en est longue, et nous allons en entendre d'autres.

Il suit de mon explication que, pour distinguer un trope d'une autre figure, nous devons nous poser cette seule question : *L'expression est-elle ou n'est-elle pas détournée de sa signification naturelle?* Dans le premier cas, c'est un trope ; dans le second, c'est une figure de mots proprement dite, une figure purement grammaticale.

MARIE.

Mille compliments, Isabelle! Personne n'aurait mieux dit.

FRANÇOISE.

Permettez-moi une observation. Le *trope* passant d'une idée de l'ordre physique à une idée de l'ordre moral, nous présente une forme palpable, *une figure*.

MARIE.

Précisément! voilà la source des figures de rhétorique, du langage *figuré*. Les tropes personnifient les idées; ils leur donnent un corps palpable, une figure. C'est de là qu'est venue leur popularité ; car les idées, sous une figure, frappent davantage les esprits ignorants.

ADRIENNE.

De plus, ce me semble, pour former un trope, il faut faire une sorte de comparaison dans l'esprit. Travail admirable et d'une incalculable rapidité à laquelle rien n'est comparable : car l'idée serait aux antipodes bien avant l'étincelle électrique. Et puis quelle simplicité dans ce mécanisme de l'intelligence! Un pli du front, un abaissement des paupières! et nous sommes par-delà tous les mondes. Il faut pourtant cette merveilleuse rapidité pour former un seul trope nouveau. C'est là ce qui cause un étonnement mêlé d'une certaine admiration lorsqu'on entend pour la première fois un trope bien fait.

AGATHE.

Tel est donc le secret de la formation des tropes. Il faut avoir comparé dans son esprit, une idée existante dans l'ordre naturel, et l'appliquer à une idée existante dans l'ordre intellectuel. Pour que le trope soit bon et reçu dans le

1.

langage, il est nécessaire que les rapports de comparaison soient parfaitement justes ; sans cette condition, l'expression figurée est ridicule.

MARIE.

Cette observation d'Agathe est capitale. Dans le langage figuré, rien ne doit choquer les notions acquises et consacrées par l'usage. Il est temps de définir les figures de pensées. Hortense, auriez-vous cette obligeance ?

HORTENSE.

Les figures de pensées, comme ces mots l'indiquent, sont indépendantes des expressions. Ces dernières peuvent donc changer, sans que les figures disparaissent. Si, par exemple, j'adresse une suite de demandes à quelqu'un, j'emploierai la figure qu'on nomme *interrogation*; mais peu importera que mes questions contiennent tels ou tels mots, pourvu que le même sens reste.

EUGÉNIE.

Alors il n'y a pas précisément *figure* dans ces occasions; il y a une *forme* oratoire.

MARIE.

Il ne faut pas discuter sur les mots : *forme* et *figure* sont à peu près synonymes. On a bien fait de conserver le nom de figures à ces tournures propres à l'éloquence aussi bien qu'au langage familier. Mais il est vrai que la figure de pensée n'est clairement distinguée, dans la plupart des cas, qu'au moyen de plusieurs phrases arrangées de la même manière : d'où il suit qu'il y a autant de figures que de manières d'arranger les phrases. Mais voici assez de préliminaires !

Formons nos familles. Mettez-vous trois devant moi pour représenter les figures de mots. (*Agathe, Hortense et Eugénie passent derrière la présidente et se placent devant les trois chaises en avant de la table.*) Distribuez-vous maintenant, Mesdemoiselles, suivant vos goûts, les tropes et les figures de pensées. (*Les huit autres élèves semblent se consulter un instant, et se rangent de manière à présenter deux groupes séparés :* VOIR L'AVERTISSEMENT AU VERSO DU TITRE.).

MARIE, *continuant.*

Asseyons-nous. (*On s'assied.*) Devant moi sont les figures de mots : à ma droite, les tropes ; à ma gauche, les figures de pensées. Il faudrait animer notre entretien par la controverse. Chaque côté peut se considérer comme l'adversaire de l'autre. Les figures de mots représentant la grammaire, seront les trois juges qui prononceront en dernier ressort sur le mérite des figures, lorsqu'il y aura doute dans le débat. Elles vont commencer par exposer leurs richesses ; les tropes viendront ensuite, et nous entendrons après les figures de pensées : commencez.

HORTENSE.

Mesdemoiselles, nous comptons, parmi les figures de mots, l'ellipse, le pléonasme, la syllepse avec quatre variétés, l'hyperbate.

AGATHE.

La conjonction, la répétition, la disjonction, l'apposition.

EUGÉNIE.

Et l'onomatopée. Total neuf.

ISABELLE.

Vous n'êtes pas riches.

ÉMILIE.

Vous avez des noms aussi barbares que les nôtres.

HORTENSE.

Ah ! Émilie, n'appelez point barbares les noms qui nous viennent de la langue grecque. Les Grecs étaient loin d'être des barbares, et nous leur sommes redevables d'une foule de richesses.

CAROLINE.

Nous en sommes sans doute très-reconnaissantes ; mais il n'est pas moins vrai que les noms des figures seraient bien plus populaires si, pour les créer, on avait consulté des oreilles françaises.

AGATHE.

Eh ! vous savez bien que toutes les sciences ont cet inconvénient de posséder des noms qui paraissent étranges.

ADRIENNE.

Oui, mes amies, prenons-en notre parti, et ne revenons plus sur cette question. La plupart de ces grands mots désignent d'ailleurs des choses très-simples. Écoutons l'ellipse !

HORTENSE.

Ellipse signifie *omission*. Lorsqu'on supprime un mot dans une phrase, pour exprimer sa pensée plus promptement, sans cesser d'être clair, on fait une ellipse.

FRANÇOISE.

Un exemple ?

HORTENSE.

Vous nous le donnez.

FRANÇOISE.

Comment ?

HORTENSE.

Les deux mots : *un exemple ?* forment-ils une phrase ri-

goureusement correcte? Non, car toute phrase est con-
struite d'après certaines règles : vous énoncez un régime
sans verbe.

FRANÇOISE.

J'aurais dû dire : *Citez un exemple.*

EUGÉNIE.

Ce serait mieux ! mais, rigoureusement, cela ne suffirait
pas ; car dans : *Citez un exemple,* vous n'avez point de
régime indirect ; dans cette circonstance, il en faudrait un.

CLAIRE.

Françoise aurait dû dire : *Citez-nous un exemple ;* alors
la proposition serait parfaite.

PAULINE.

Bon ! serons-nous condamnées à surveiller de cette manière la construction de nos phrases ?

MARIE.

Il faudrait bien s'en garder. La conversation ne serait
qu'un champ clos où le pédantisme et l'ennui se dispute
raient l'attention de l'auditeur.

LAURE.

La présidente vient de faire une métaphore.

MARIE.

Je ne m'en défends pas ; mais ne quittons pas un sujet
sans l'épuiser.

CAROLINE.

Il est évident, d'après cette courte analyse, que la conversation est remplie d'ellipses. Je n'y avais jamais pris
garde.

MARIE.

Cela ne peut être autrement. Nous sommes un peuple vif ; nous avons besoin d'exprimer rapidement nos pensées. L'écrivain qui, par devoir, châtie son style, rencontre à chaque instant l'ellipse sous sa plume. Mais quand faudra-t-il défendre l'emploi de cette figure ? Je serai bien aise d'avoir l'avis de la section de grammaire.

HORTENSE.

Nous défendons l'ellipse toutes les fois que les règles de la grammaire sont trop ouvertement violées.

ISABELLE.

Voilà qui n'est pas clair ! Je n'aime pas cette restriction : *trop ouvertement.* Ou défendez l'ellipse d'une manière absolue, ou donnez-lui liberté entière. Qui nous dira où commence *trop ouvertement* la violation des règles de la grammaire ?

AGATHE.

Il me semble que l'on peut se permettre l'ellipse toutes les fois que les mots retranchés de la phrase pourront être facilement sous-entendus.

EUGÉNIE.

J'appuie cet avis ; il ne faut pas se méfier de l'intelligence de l'auditeur.

HORTENSE.

Pourtant.....

MARIE.

Hortense, vous êtes obligée de vous ranger à l'opinion des

deux autres juges. Pour vous convaincre, Emilie et Adrienne vont faire une suite d'ellipses.

ÉMILIE.

Bonjour, Adrienne !

ADRIENNE.

Salut, chère Emilie !

ÉMILIE.

La santé ?

ADRIENNE.

Excellente ? et la vôtre ?

ÉMILIE.

Parfaite. Quand partez-vous ?

ADRIENNE.

Demain, vous savez, les vacances.

ÉMILIE.

Ah ! Ah ! la campagne ! le grand voyage à Naples !

ADRIENNE.

Et madame votre mère ?

ÉMILIE.

Entièrement rétablie. Quelle joie !

MARIE.

Assez. Eh bien ! Hortense, qu'en dites-vous ? Excepté : *Quand partez-vous ?* aucune de ces phrases n'est complète. Voulez-vous que nous rétablissions grammaticalement ce court dialogue ?

HORTENSE.

Non, non ; il serait traînant et n'aurait pas ce tour vif et enjoué. Je suis satisfaite.

MARIE.

Passons à la seconde figure.

AGATHE.

La seconde figure de mots se nomme *pléonasme*, c'est-à-dire *abondance*. Elle a lieu lorsqu'on se sert de mots inutiles pour le sens, mais qui peuvent donner plus de force à l'expression.

CAROLINE.

Si je dis : *Vous m'appelez, Agathe? me voilà! me voilà!* ferai-je un pléonasme ?

AGATHE.

Non; vous ferez une *répétition*, autre figure que nous verrons tout à l'heure.

LAURE.

Comment donc le pléonasme se forme-t-il ?

AGATHE.

Quand on ajoute à une expression suffisante pour rendre la pensée une autre expression qui corrobore la première.

ISABELLE.

Ainsi, dans l'exemple bien connu :

> Je l'ai vu, de mes propres yeux vu,
> Ce qui s'appelle vu,

il y a deux figures : l'une est la *répétition* consistant dans le triple emploi du mot *vu*; l'autre est le *pléonasme* employé deux fois dans ces mots : *de mes propres yeux vu.*

CLAIRE.

Comment *deux fois?*

ISABELLE.

Il y a un premier *pléonasme* dans les mots : *de mes yeux vu.* On ne voit qu'avec les yeux.

CLAIRE.

J'en conviens ; mais l'autre pléonasme ?

ISABELLE.

Il se trouve dans les mots : *de mes propres yeux.* On ne voit pas avec les yeux d'un autre.

AGATHE.

Isabelle a parfaitement expliqué la figure et je l'en remercie.

ÉMILIE.

Je ne vois pas la grande utilité du *pléonasme.*

AGATHE.

Comment! vous ne voyez pas cela (*Appuyant*), vous !

MARIE.

Ah ! ah ! Mesdemoiselles, remarquez ces paroles. Voilà un pléonasme charmant adressé à notre amie Emilie et qui va parfaitement répondre à son objection.

ÉMILIE.

Je ne comprends pas.

MARIE.

Votre modestie vous en empêche. Françoise, que je vois sourire, va vous donner une explication complète.

FRANÇOISE.

Oui, oui, Émilie, on a raison de dire : *Vous ne voyez pas cela*, et d'ajouter : *vous !* en faisant un pléonasme. On s'étonne avec raison qu'un esprit cultivé comme le vôtre, qui saisit sans peine tous les secrets de l'art de bien dire, n'apprécie point la force que le pléonasme donne au langage en certaines occasions. Nous comparons votre savoir qui nous est connu au défaut de clairvoyance que révélerait votre opposition, et nous pensons qu'il est impossible que cette opposition soit sérieuse. Et nous disons tout cela rien qu'en répétant ce simple mot : *vous !* et en le faisant suivre du point d'admiration qui dépeint notre surprise.

MARIE.

Vous voyez, Émilie, que le pléonasme dit beaucoup de choses.

EMILIE.

J'aurais bien mauvaise grâce à ne point en convenir, après les compliments que vient de m'adresser mon amie Françoise; en vérité je ne les mérite point.

PAULINE.

Le *pléonasme* n'a-t-il point, comme les autres figures, des règles restrictives ?

AGATHE.

Sans doute; on ne doit s'en servir que lorsqu'il donne

plus de force, de relief, ou de grâce à l'expression. Si cet effet n'est pas produit, il y a une faute de grammaire qu'on nomme *pléonasme vicieux*.

ADRIENNE.

A propos de *pléonasme vicieux*, permettez-moi de vous raconter une anecdote toute fraîche. Ce matin, la domestique partait pour la ville. Notre digne présidente lui demande si elle ne prenait pas l'omnibus.— *Non*, répond-elle, *je vais à pieds, sur mes jambes*. A quoi Marie replique en riant : *Comment, Jeanne, osez-vous faire un pléonasme un jour d'exercice littéraire !* Et Jeanne de dire, en ouvrant de grands yeux : Un PLONASME ! *j'ai idée que vous vous moquez de moi, Mademoiselle*. — Mais *non*, lui répond l'excellente Marie, *venez nous écouter ce soir et vous apprendrez ce que c'est qu'un pléonasme*, et non pas PLONASME *qui est un barbarisme*.

MARIE.

L'anecdote est vraie, et remarquons, pour finir, que le mot *pléonasme* se prend ordinairement en mauvaise part ; c'est pourquoi je n'ai point dit à Jeanne : *Vous faites un pléonasme vicieux*. En grammaire, il est en autrement : le pléonasme bien fait est une beauté ; il ne devient faute (ou vicieux) que lorsqu'il est mal construit. Passons à la troisième figure de mots.

EUGÉNIE.

C'est la syllepse. Ce mot n'est pas populaire ; la syllepse pourtant est une figure fréquemment employée dans la conversation. Elle doit son origine, comme l'ellipse, au besoin que nous avons de communiquer promptement nos idées. Par elle on fait accorder un mot avec celui qui est dans la pensée et non avec celui qui est dans la phrase.

CAROLINE.

Ce détail est passablement obscur.

EUGÉNIE.

Des exemples nous la rendront familière.

MARIE, *frappant sur la table.*

Mesdemoiselles, vous venez d'entendre une syllepse.

LAURE.

Je ne l'ai point remarquée.

MARIE.

Les syllepses sont assez difficiles à apercevoir. Je vous préviendrai par un coup frappé sur cette table chaque fois que cette figure paraîtra dans le dialogue. Emilie, expliquez la première.

ÉMILIE.

Eugénie a défini la *syllepse;* Caroline a dit : *Ce détail est passablement obscur.* Eugénie aurait dû répondre rigoureusement : *Des exemples vont nous le rendre familier;* mais elle avait dans sa pensée le mot *syllepse,* et elle a fait accorder avec ce mot l'article féminin *la* et l'adjectif *familière,* au lieu de faire accorder ces deux expressions avec le mot masculin *détail* qui était dans la phrase de Caroline. C'est une syllepse de genre.

EUGÉNIE.

Comme on le voit, il faut qu'il y ait une analogie très-juste entre le mot qui est dans la pensée, et le mot avec lequel le premier ne s'accorde point dans la phrase; autrement la figure serait mal faite, et il y aurait faute de grammaire.

MARIE.

Isabelle, Hortense, faites-nous une suite de syllepses.

ISABELLE.

Hortense, vous connaissez *l'être* que j'aime le plus au monde.

HORTENSE.

Oui, chère Isabelle.

ISABELLE.

Elle est partie hier pour la Suisse. (*La présidente frappe.*)

EUGÉNIE.

Syllepse de genre; *l'être* au masculin dans la phrase, *elle* (la mère) au féminin, dans la pensée.

HORTENSE.

Son absence ne sera pas longue? A propos, vous vous souvenez de *mon joli cadre?*

ISABELLE.

Celui qui est dans votre cabinet?

HORTENSE.

Précisément. *Ils* sont tombés en poussière, *mes pauvres papillons!* (*La présidente frappe.*)

EUGÉNIE.

Syllepse de nombre. *Mon beau cadre* est au singulier dans la phrase ; *ils* (les papillons) au pluriel, dans la pensée.

ISABELLE.

Et votre riche *collection?*

HORTENSE.

La grêle *les* a *détruits.* (*La présidente frappe.*)

ISABELLE.

Ces beaux camélias !

EUGÉNIE.

Syllepse de genre et de nombre. *Collection,* dans la phrase, est au féminin singulier ; *camélias détruits,* au pluriel, dans la pensée.

ISABELLE.

Ce double malheur a dû vous faire bien de la peine.

HORTENSE.

J'en ai pleuré ; mais, après quelque temps, je me suis dit : *Prenons-en mon parti.* (*La présidente frappe.*)

EUGÉNIE.

Syllepse de personne. *Prenons,* dans la phrase, est à la première personne du pluriel ; *mon parti,* au singulier, *en* (*pour de ce malheur*) est dans la pensée.

MARIE.

Nous nous en tiendrons là ! Une conversation, soutenue par syllepses, ne serait pas intelligible pour tout le monde. Il faut être au courant des affaires de son auditeur, et lire, pour ainsi dire, dans sa pensée. Nous venons de voir les trois principales figures de mots ; celles qui restent sont très-simples ; voyons-les rapidement.

HORTENSE.

L'*hyperbate* est un renversement de construction dans la phrase. Dans la poésie, on la rencontre à chaque instant ; dans la prose et la conversation, elle se place moins souvent.

MARIE.

Veuillez remarquer, Mesdemoiselles, que l'observation d'Hortense est un exemple d'hyperbate ; la construction régulière de sa phrase devait être : *on rencontre cette figure à chaque instant dans la poésie ; elle se place moins souvent dans la prose et la conversation.*

PAULINE.

Dans la phrase d'Hortense, il y a plus qu'une hyperbate ; car il y a inversion et antithèse.

MARIE.

Rigoureusement nous ne devrions pas permettre aux figures de pensées de faire parade de leurs trésors ; cependant la remarque de Pauline est si juste, que nous lui permettons de la développer en quelques mots.

PAULINE.

L'hyperbate ne renverse que les mots ; l'inversion renverse l'ordre des pensées. Dans l'explication que nous donnait Hortense, l'ordre des pensées voulait qu'elle parlât d'abord de la conversation, puis de la prose, enfin de la poésie, ce qui eût formé une autre figure nommée gradation. Sous ce premier rapport, la phrase d'Hortense eût présenté l'aspect suivant :

« L'hyperbate se place rarement dans la conversation ;
» elle se trouve un peu plus souvent dans la prose ; mais
» on la rencontre à chaque instant dans la poésie. »

Cette phrase eût été plus oratoire : car elle aurait formé une période à trois membres. Il est vrai que l'antithèse, ou opposition des idées, eût été détruite. Cette dernière figure fait un très-bon effet dans la phrase d'Hortense : dès ces premiers mots : *dans la poésie*, on s'attend à la *prose*, et notre attention est éveillée pour saisir la différence dont on va nous parler.

MARIE.

A en juger par ce court commentaire, les figures de pensées ont de bien belles choses à nous révéler. Ceci nous apprend, mes amies, que chez les personnes qui ont reçu le bienfait de l'instruction, les figures, ou formes du langage, se produisent naturellement, et font très-bon effet dans la conversation. Revenons.

HORTENSE.

Il faut bien prendre garde d'employer l'hyperbate mal à propos ; il peut s'ensuivre une construction vicieuse dans la phrase, et de plus, on court le danger de ne point se faire comprendre.

CLAIRE.

Comment cela peut-il se faire ?

HORTENSE.

Voulez-vous que je fasse une mauvaise hyperbate?

CLAIRE.

Ce serait une dérogation à vos habitudes, Hortense ; mais vous pourriez y consentir pour nous instruire.

HORTENSE, *à demi-voix.*

Eh bien ! écoutez, Claire ! Au fond du jardin, tout à l'heure, après la séance, car vous comprenez que je ne puis me permettre une telle faute en cette assemblée, afin que personne ne nous entende, venez, et là... (*La présidente frappe.*)

MARIE.

Je suis trop près de vous, Hortense, pour ne pas vous entendre.

AGATHE.

Et nous aussi, notre devoir s'oppose à de semblables abus de la parole.

CLAIRE.

J'ai compris. En renversant les mots : *venez au fond du jardin,* en les séparant trop, la phrase devient obscure et la construction vicieuse.

EUGÉNIE.

Je vais réunir deux de nos figures dans une même explication. L'une est la *conjonction*, qui consiste à répéter dans une phrase la conjonction qui en lie les divers membres ; l'autre est la *disjonction*, par laquelle on retranche de la phrase certaines particules ou transitions, sans nuire à la clarté. Les procédés de ces deux figures sont totalement opposés.

CAROLINE.

Il faut convenir qu'on fait des figures avec peu de chose.

EUGÉNIE.

Je m'étonne de cette réflexion, Caroline. Tout, en ce monde, n'a-t-il pas sa forme particulière.

CAROLINE.

J'en conviens. Mais les phrases qui ne contiendront aucune figure ne pourront être rangées dans votre nomenclature.

EUGÉNIE.

D'abord, il y en a fort peu. Ouvrez un livre, prenez la première phrase venue, et vous y reconnaîtrez, après un examen attentif ou une figure de mots, ou un trope, ou une figure de pensée. Lors même que la phrase ne contiendrait aucune espèce de figure, pensez-vous, Caroline, qu'elle n'aurait pas sa forme particulière ?

CAROLINE.

Eh ! laquelle ?

EUGÉNIE.

La forme grammaticale pure, ce qui est bien un mérite.

CAROLINE.

Comment ?...

MARIE.

Caroline, votre objection est celle d'un très-grand nombre de personnes, qui n'entendent que des mots dans un discours, à peu près comme le public qui n'entend que des sons dans une mélodie. Mais placez en face d'une musicienne, un artiste qui distingue la note dans le son de voix, il vous dira que l'air qu'il entend se compose de telles et telles notes qu'il vous nommera. Pour lui, la mélodie aura, à chaque inflexion de la voix, une forme, la note ; pour vous, ce ne sera qu'un air. Il en est de même en rhétorique. Pour le plus grand nombre d'auditeurs, la phrase est un assemblage de mots et voilà tout ; pour nous, elle sera une mélodie avec ses figures variées, qui nous servent à pénétrer la pensée de l'orateur. Oui, rien n'est plus beau que l'étude de la phrase : ce que nous disons en ce moment est un thème à faire des volumes. C'est une étude instructive au plus haut degré ; *car* elle domine toutes les autres ; *car* elle est la compagne de notre vie entière ; *car* de grands hommes l'ont trouvée...

EUGÉNIE.

Écoutez bien, Caroline !

MARIE.

Car de grands esprits l'ont analysée ; *car*, sans elle, la conversation n'a plus d'attraits ; *car*, avec elle, nous respirons le parfum des fleurs du langage.

EUGÉNIE.

Vous avez remarqué, Caroline, l'exemple frappant d'une

conjonction dans la tirade de notre chère présidente. La répétition de la conjonction *car* ne semble-t-elle pas multiplier à l'infini les motifs de joindre votre opinion à la nôtre ?

CAROLINE.

J'en fais l'aveu sincère avec le plus grand contentement. Jamais cette figure ne m'avait frappée d'une manière aussi sensible.

EUGÉNIE.

L'emploi le plus fréquent de la *conjonction* se rencontre surtout dans la répétition de la conjonction *et*.

ÉMILIE.

Très-bien, Eugénie ! Je me rappelle, à ce sujet, vos avertissements à une de nos amies, que je m'abstiens de nommer, à propos de sa paresse. Vous lui disiez d'un ton fâché quoique amical : « Mais, si tu continues ainsi, que » dira ta mère ? *Et* ton père ? *et* ta sœur ? *et* ta tante ? *et* ta » marraine ? eux qui t'aiment tant ! »

EUGÉNIE.

Oui, je multipliais les personnes, pour exciter l'émulation de mon amie. Exemple touchant, Mesdemoiselles, de cette figure si simple qu'on nomme *conjonction !* car...

CLAIRE.

N'achevez pas, Eugénie. La paresseuse, c'était moi ! Je fus tellement impressionnée des avertissements d'Eugénie, présentés sous cette forme, qu'il me sembla voir se dresser devant moi, non-seulement tous les membres de ma famille, mais l'univers entier.

MARIE.

Et aujourd'hui vous êtes, chère Claire, un modèle de
diligence et d'ardeur au travail.

LAURE.

Nous sommes convaincues de l'utilité de la *conjonction*;
mais la *disjonction,* à quoi sert-elle? Il me semble que ce
n'est qu'une ellipse.

AGATHE.

C'est plus qu'une ellipse; car c'est la suppression d'une
transition.

HORTENSE.

Nous faisons ici un aveu. La *disjonction* n'est d'un emploi
fréquent que lorsqu'on raconte la conversation de deux
personnes seulement. Pour animer notre récit, nous sup-
primons les mots : *Un tel répondit, un tel reprit, il ajouta,*
et autres semblables. Moyennant une légère différence dans
la voix, nous faisons comprendre les questions de l'un des
interlocuteurs et les réponses de l'autre. Dans les livres,
cette figure est annoncée par un petit trait placé entre les
questions et les réponses.

FRANÇOISE.

Je me souviens que j'ai remarqué souvent cette figure
sans prendre garde au nom. Mais Hortense parle d'un dialogue entre deux personnes seulement. Est-ce qu'on ne
pourrait pas employer la disjonction dans un dialogue
entre plusieurs personnes ?

HORTENSE.

En cette occasion, la figure est sévèrement interdite : autrement l'obscurité apparaîtrait dans le récit. Ainsi dès qu'un troisième interlocuteur intervient, il faut rétablir les transitions, et nommer celui qui va parler.

AGATHE.

Enfin, nous avons encore, mes amies, la *répétition* et l'*apposition*. En employant la première, on répète les mots dont on veut pénétrer son auditeur.

ISABELLE.

La *répétition* est peut-être votre plus belle figure ; elle serait digne d'être une figure de pensées. Chaque fois que je l'entends à propos, il me semble voir l'idée entrer dans l'esprit comme si on l'y plantait à coups de marteau. Rappelez-vous, mes amies, ce jour de congé, un jeudi, où nous allâmes dévaliser le jardin de la fermière Simone et cueillir les beaux dahlias qu'elle destinait pour le dimanche suivant à l'autel de la Vierge.

PAULINE.

Je m'en souviens. Cette bonne femme accourut, et pour tous reproches elle nous dit : *Vous les avez cueillis ! vous les avez cueillis ! vous les avez cueillis !* et à chaque répétition, sa voix prenait un accent déchirant.

ADRIENNE.

Je n'oublierai jamais cette circonstance. Simone répéta cinq fois les mots : *vous les avez cueillis*, et si je les avais entendus une sixième fois, la larme qui roulait sous ma paupière aurait coulé sur ma joue.

MARIE.

Isabelle avait raison de dire que la répétition mériterait d'être une figure de pensées ; vous voyez qu'elle peut s'élever jusqu'au pathétique. De plus, mes amies, elle donne beaucoup de grâce au style. Aussi, charmée de vos réflexions, vous dirai-je, par forme d'exemple d'une répétition : *Vos pensées sont des fleurs plus belles que les plus belles fleurs de nos parterres.*

CAROLINE.

Nous avons empêché Agathe de définir l'*apposition*.

AGATHE.

L'apposition consiste à ajouter à un substantif, un autre substantif qui sert d'adjectif au premier. Je dirai par apposition : *Paris, capitale de la France ; Lyon, berceau du christianisme dans les Gaules.* Cette sorte de figure est très-souvent employée.

EUGÉNIE.

Nous vous offrons pour bouquet, Mesdemoiselles, l'*onomatopée*.

ÉMILIE.

Ah ! ah ! Mesdames les grammairiennes, je vous attendais là. Justifiez-nous cette figure.

EUGÉNIE.

L'*onomatopée* est l'imitation des sons.

ÉMILIE.

L'imitation des sons est-elle permise en grammaire ?

EUGÉNIE.

Pourquoi pas? Est-ce notre faute si la langue française est trop pauvre? Et puis, quelle langue au monde a la prétention de tout rendre par des mots?

ÉMILIE.

Je ne saurais le dire; mais vous ne justifiez pas la présence de l'onomatopée en grammaire.

EUGÉNIE.

Émilie, je suppose que vous êtes dans le cas d'exprimer par un mot le bruit que vous faites en frappant à une porte. Comment allez-vous dire?

ÉMILIE.

Je dirai : *Je frappe à la porte trois coups : ta, ta, ta.* Ah! vous m'avez tendu un piége; je viens de faire une onomatopée.

EUGÉNIE.

Allons plus loin! Dépeignez le bourdonnement d'une grosse mouche qui voltige.

ÉMILIE, *parlant sans ouvrir la bouche.*

On, on, on, on, on, on, on, on, on.

EUGÉNIE.

Est-ce bien grammatical, ce que vous faites là? Vous parlez sans ouvrir la bouche. Cependant, vous n'avez pas fait de faute de grammaire.

MARIE.

Allons ! admettons l'onomatopée, vous voyez que c'est une sorte d'écho. C'est dommage que le nom soit si bizarre. Maintenant que les tropes s'avancent au combat !

ÉMILIE.

Voici le premier de nos guerriers ! C'est la *métaphore*, Notre présidente vient d'en commencer une, et moi je viens de l'achever.

ADRIENNE.

Expliquez-nous, s'il vous plaît, cette première métaphore, afin de nous rendre plus sensible la définition de la figure.

ÉMILIE.

Tout en disant : *Que les tropes s'avancent au combat*, notre présidente a comparé dans son esprit la position de cette assemblée à celle de deux armées en présence. Nous représentons ici une brigade, les tropes ; en face de nous est l'ennemi, la division des figures de pensées ; au milieu est un corps neutre, composé de figures de mots, dans une attitude d'observation, allié douteux sur lequel chaque parti compte et qui ne prendra part à l'action que pour achever la déroute de l'armée vaincue. A la suite de cette comparaison intérieure, notre présidente a dit : *Que les tropes s'avancent au combat*, et, dans cette phrase, c'est le mot combat qui forme la métaphore. On a pris dans les faits politiques le mot *combat* et on l'a appliqué à une discussion littéraire, où l'on ne se bat qu'avec la parole. J'ai achevé moi-même la comparaison intérieure qui s'était produite dans mon esprit, en entendant le trope formé

2.

dans l'esprit de notre présidente, et j'ai proposé, pour provoquer nos antagonistes au *combat*, le premier de nos *guerriers*, c'est-à-dire la plus générale, la plus belle et la plus variée des figures de mots que nous appelons *tropes*.

ADRIENNE.

A en juger par cette explication passablement longue, mais dont je n'accuse point la clarté, la métaphore sera assez difficile à définir.

ÉMILIE.

Mais non. La métaphore est une figure par laquelle on change la signification propre d'un mot pour lui en donner une autre après une comparaison qui s'est faite dans l'esprit.

HORTENSE.

Nous admettons cette définition ; mais nous regrettons qu'elle ne puisse être faite d'une manière moins abstraite.

ÉMILIE.

Si vous le préfériez, je dirais : La métaphore est une comparaison abrégée qu'achève l'imagination.

HORTENSE.

Non ; car cette seconde définition n'est pas aussi précise que la première, et demande d'ailleurs les mêmes explications.

ÉMILIE.

Ici le *champ* est vaste. (*La présidente frappe.*) La conversation est le jardin des métaphores ; (*La présidente frappe.*) on n'a qu'à se *baisser pour en* cueillir. (*La présidente frappe.*)

CAROLINE.

Il ne faut qu'*ouvrir* son intelligence. (*La présidente frappe.*)

LAURE.

Et *prêter attention* au discours. (*La présidente frappe.*)

CLAIRE.

Alors on *voit* la métaphore *s'épanouir*. (*La présidente frappe.*)

ISABELLE, *avec enjouement.*

Oh! oh! *le bataillon des tropes fait feu de toutes ses pièces.* (*La présidente frappe deux fois très-fort.*)

ADRIENNE.

Isabelle! vous faites cause commune avec *l'ennemi*, au lieu *d'apprêter vos armes.* (*La présidente frappe deux fois.*)

FRANÇOISE.

Oui, Isabelle, vous voyez que les coups de baguette de la présidente nous *frappent* aussi bien que les tropes. (*La présidente frappe.*)

PAULINE.

Nous voici *en pleine déroute!* (*La présidente frappe.*)

ISABELLE.

Ce qui nous arrive est inouï. Comment, dès *le premier choc*, (*La présidente frappe*) nous sommes *noircies* par cette

poudre des tropes, (*La présidente frappe deux fois.*) *aveu-
glées,* (*La présidente frappe.*) *embrasées,* (*La présidente
frappe.*) *consumées.* (*La présidente frappe.*) Eh quoi !
Marie, six coups de baguette pour quelques mots !

HORTENSE.

La métaphore *triomphe sur toute la ligne !* (*La présidente
frappe.*)

ADRIENNE.

La *grammaire a parlé.* (*La présidente frappe.*) Voilà *notre
coup de grâce.* (*La présidente frappe.*) (1)

MARIE.

Cessons ce *feu roulant de métaphores.* Et voyez, mes
amies, je frappe ici pour moi-même, (*Elle frappe deux fois.*)
je frappe pour *feu de métaphores,* parce que je compare le
feu des bataillons au bruit de notre discussion. Je frappe
pour *feu roulant,* parce que les coups de feu dans un combat ressemblent au bruit d'une chose qui roule avec fracas.
Il serait trop long d'expliquer une par une toutes les métaphores que nous venons de former ; d'ailleurs une seule
bien comprise suffit pour faire comprendre toutes les autres.
Toutefois, je veux vous faire remarquer la nature de celles
qu'Isabelle a débitées coup sur coup. Elle s'est plaint d'être
noircie, aveuglée, embrasée, consumée par le feu des tropes.
Vous le voyez, mes amies, Isabelle n'a éprouvé aucun de
ces accidents. Il est donc évident que toutes ces expressions
ont été détournées de leur signification naturelle, pour être

(1) Tous ces exemples de métaphores doivent être récités avec
beaucoup de verve et d'entrain. Les coups de baguette de la présidente doivent être entendus sur la dernière syllabe des mots, de
manière à ne point interrompre la vivacité du dialogue.

appliquées aux facultés intellectuelles qui se trouvaient un moment paralysées chez notre amie par la vivacité de la discussion. Il vous est dès lors aisé de voir que le langage figuré tient une belle place dans le discours.

ÉMILIE.

La métaphore a un autre mérite. C'est celui de personnifier, de faire agir les choses inanimées. Quand je dis : Le *chagrin me dévore*, je me sers d'une métaphore très-énergique. Pour vous donner un exemple magnifique du style métaphorique, je vais vous citer une phrase entière, tirée d'un ouvrage sur l'Orient :

« Je m'embarquai pour l'Asie. Je voulais visiter ce *ber-*
» *ceau des hommes* et *cette patrie des dieux*, antique *mère*
» *du monde*, qui vit *éclore* toutes les civilisations ; terre fé-
» conde et mortelle où les parfums *naissent* à côté des poi-
» sons ; terre douce et cruelle qui inventa les raffinements
» les plus exquis du bonheur et de la torture ; terre reli-
» gieuse et sacrilége, qui *tua* un Dieu et *créa* des dieux ;
» terre sublime dont l'argile devint homme. »

Certainement, Mesdemoiselles, si nous voulions analyser toutes les figures qui sont dans cette phrase, nous aurions un grand travail à faire. Métaphores hardies, antithèses admirables, répétitions heureuses, appositions, ellipses; le tout couronné par une pensée sublime. L'écrivain, en mettant en scène cette terre de merveilles, n'a-t-il pas fait, grâce surtout à l'emploi de la métaphore, une espèce de prosopopée, c'est-à-dire, une chose qui vit et agit ?

ISABELLE.

Cela est vrai. En faveur de cet exemple, nous pardonnons aux tropes notre échec de tout à l'heure.

MARIE.

Mes amies, il ne faut pas nous laisser séduire par de faux

brillants. La phrase que vous venez d'entendre est digne d'être citée comme un exemple de style figuré ou imagé ; elle serait très-bien placée dans un morceau d'éloquence académique ; mais un style ainsi soutenu dans une narration ou dans la conversation serait insupportable. Je le comparerais volontiers à une rivière de diamants ; il nous éblouit un moment, il nous fatiguerait bientôt : ce n'est pas en parlant ainsi que nous atteindrions l'élégance. Non, mes amies, il ne faut pas rechercher les figures, comme a fait cet écrivain qui doit être un auteur moderne ; il faut les recevoir quand elles se présentent ; mais ne point lancer notre imagination à leur poursuite.

HORTENSE.

La section de grammaire partage cet avis ; et, pour en revenir à la question, quand la métaphore chasse le mot naturel, elle est obligée de valoir mieux ; d'où il suit qu'on ne doit employer l'expression métaphorique que lorsque le mot propre est impuissant à rendre énergiquement la pensée.

MARIE.

Avançons !

CAROLINE.

Je veux vous parler de la *métonymie*, de la *synecdoque*, de la *catachrèse*, et de l'*antonomase*. (Pardon, une dernière fois, mes amies, pour ces noms étranges.) Ces quatre figures sont du genre de la métaphore, et souvent confondues avec elle. Elles ont le même effet, le changement de l'expression propre, mais elles n'ont pas la même cause.

Dans la *métonymie*, l'esprit considère l'objet le plus sensible, et c'est celui qu'on nomme de préférence à l'objet réel. Quand nous disons à nos parents : *Venez voir* LE BEAU TITIEN *que nous avons à la chapelle*, nos parents nous comprennent, leur attention comme la nôtre se porte plutôt sur le célèbre peintre le Titien que sur son tableau. C'est ce qu'on appelle métonymie de la cause pour l'effet. Mais on énonce aussi quelquefois l'effet pour la cause. Lorsqu'un poëte navigateur s'écrie : *La mort est sous nos pieds,* ce ne sont point les eaux de la mer qu'il considère, mais la mort qui serait l'effet du naufrage.

Le passant qui nous voit sortir un jour de vacances, se dit : *Voilà le pensionnat qui va à la promenade..* C'est la métonymie du contenant pour le contenu. — Laure me disait hier : *J'ai reçu de belles valenciennes,* c'est-à-dire des dentelles fabriquées à Valenciennes ; elle faisait une métonymie du lieu. — Victoire, notre amie, *a pris le voile.* Ici je considère le signe pour la profession. Je vous annonce que Victoire a embrassé la vie religieuse. C'est la métonymie du signe. — *Hier, Emilie nous a récité une page du Télémaque, après l'avoir lue deux fois : il faut qu'elle* AIT BONNE TÊTE. Dans cette phrase, je considère la tête qui est le siége de la mémoire. C'est la métonymie des organes.

ISABELLE.

Il paraît que la métonymie a de nombreuses applications ; n'aurait-on pas dû simplifier ces préceptes ?

HORTENSE.

Vous avez peut-être raison, Isabelle, mais quand on analyse un morceau d'éloquence, il n'est pas nécessaire d'entrer dans tous ces détails. Néanmoins on a bien fait de classer méthodiquement les variétés de la même figure, afin de nous donner la raison de leur existence. On n'a pas tout examiné en matière de métonymie ; car si je vous dis : *J'ai un louis dans ma bourse,* vous comprendrez toutes que j'ai une pièce d'or ; mais quelle espèce de métonymie ferai-je en ce cas ?

CAROLINE.

Vous ferez une métonymie du signe.

FRANÇOISE.

Je ne le crois pas, le signe est visible, la chose signifiée est invisible. La couronne, chose visible, représente la *royauté*, chose invisible. Un louis ne peut être le signe d'une pièce d'or, puisque les deux objets sont visibles.

PAULINE.

Voilà les tropes dans l'embarras !

ADRIENNE.

Ils nous devaient cette revanche.

ÉMILIE.

Mais que conclure de là ? Nous sommes trop riches et nous ne savons où placer nos trésors. Voilà tout ! Voulez-vous absolument une espèce de plus ? Nous la créerons pour vous faire plaisir.

ISABELLE.

Vous soutenez une mauvaise cause, Emilie.

HORTENSE.

Vous n'avez pas le pouvoir, Mesdemoiselles, de faire ce que propose Emilie. Quand vous ne pourrez pas classer une métonymie, faites-en franchement l'aveu.

CAROLINE.

C'est ce que j'allais dire. Il en sera de même pour la

synecdoque, dont les variétés sont plus nombreuses encore
que celles de la métonymie.

La synecdoque est un trope qui, en retournant le mot
propre, lui donne un sens plus étendu ou plus restreint.
Cette figure offre sept variétés, à chacune desquelles je
vais appliquer un exemple.

Les *mortels* pour les *hommes*.

LAURE.

Synecdoque de genre pour l'espèce. Tout ce qui vit est
mortel. Désigner les *hommes* comme seuls *mortels*, c'est
prendre le plus pour le moins.

CAROLINE.

La saison des *roses* pour la saison des *fleurs*.

LAURE.

Synecdoque de l'espèce pour le genre. C'est le moins
pour le plus.

CAROLINE.

Le *riche* pour les *riches*.

CLAIRE.

Synecdoque du nombre. — C'est le moins pour le plus,
le singulier pour le pluriel.

CAROLINE.

On lit dans les *auteurs*, pour dans tel *auteur*.

CLAIRE.

Même synecdoque. C'est le plus pour le moins, le
pluriel pour le singulier.

CAROLINE.

J'ai donné ce conseil *cent fois* à mon amie.

CLAIRE.

Même synecdoque. C'est le plus pour le moins, ou le moins pour le plus, comme on voudra, un nombre certain pour un nombre incertain.

CAROLINE.

Un manteau *d'hermine*.

ÉMILIE.

Synecdoque du tout pour la partie. Le plus pour le moins, c'est-à-dire l'*hermine* pour sa seule fourrure.

CAROLINE.

Dans ce joli troupeau d'agneaux, il y a *cent têtes*.

ÉMILIE.

Synecdoque de la partie pour le tout. Le moins pour le plus : la *tête* pour l'agneau entier.

CAROLINE.

J'aime *l'or*.

ÉMILIE.

Synecdoque de la matière. Le plus pour le moins : *l'or* pour les bijoux, les pièces d'or.

CAROLINE.

La *jeunesse* doit étudier.

EMILIE.

Synecdoque d'abstraction. Le plus pour le moins. La jeunesse pour les jeunes personnes.

MARIE.

Les explications que les amies de Caroline ont ajoutées à chaque exemple sont faites très à propos : car elles ont bien caractérisé la figure. Ainsi toute expression dans laquelle le *moins* sera pris pour le *plus*, ou le *plus* pour le *moins*, sera une synecdoque, ou synecdoche ; car vous oubliez de dire qu'il y a deux dénominations pour cette figure. La section de grammaire n'a point d'objection à faire ?

EUGÉNIE.

Nous défendons d'employer des synecdoches qui ne soient point reçues par l'usage, autant par respect pour les lois grammaticales que par la crainte de dire des choses ridicules. Ainsi il est convenu que les toiles sur lesquelles le peintre dépose ses couleurs sont synonymes, par synecdoque, de tableaux. On dira donc élégamment ; Voilà *une belle toile !* De même, l'usage a adopté le mot *marbre* pour désigner une statue faite de marbre : dès lors on ne sera point ridicule en disant : *Ce marbre est expressif.* Mais on fait des tableaux sur la toile de coton qu'on nomme *calicot* ; on fait des statues avec certaines pierres. Or si, pour faire une synecdoche nouvelle, quelqu'un allait s'écier : *Quel beau calicot ! la délicieuse pierre !* il exciterait les rires de tous ses auditeurs. Je ferai la même réserve sur la catachrèse dont Caroline va parler.

CAROLINE.

Le mot *catachrèse* signifie *abus.* Par cette figure l'on abuse d'un mot, soit en l'associant à un autre mot qui dit le contraire, soit en étendant son sens par imitation d'un autre objet. Dans le premier cas, il y a catachrèse par abus ; dans le second, il y a catachrèse par imitation.

La catachrèse par abus se distingue facilement par son originalité ; d'ailleurs elle est rarement employée. Ainsi Agathe me disait l'autre jour que la propriété de ses parents *était à cheval sur deux routes ;* j'ai bien compris que la propriété était située entre deux routes qui en longeaient les limites de chaque côté ; et la figure ne m'a point paru choquante.

Quant à la catachrèse par imitation, elle a une grande ressemblance avec la métaphore, et puis il faut dire qu'elle se trouve dans notre langue presque à l'état d'expression propre. Aurions-nous cru, si on ne nous l'avait appris, qu'il y a catachrèse par imitation dans ces mots : *Une feuille de papier, la glace d'un miroir, un livret d'or, un fil de cuivre*, et dans une infinité d'expressions que nous ne remarquons même pas, tant elles sont nombreuses dans le langage ?

ADRIENNE.

Alors pourquoi créer une figure si difficile à remarquer ?

HORTENSE.

Adrienne, il ne faut pas vous en prendre seulement à la pauvreté de l'idiome, mais encore au progrès des arts et des sciences. Lorsque arrive une chose nouvelle : il lui faut un mot nouveau. On est alors dans l'alternative ou de recourir à un néologisme, qui court le danger de n'être pas adopté par l'usage et sanctionné par l'Académie, ou de se servir de mots déjà connus qui ont des rapports avec les objets nouveaux. Telle est l'origine de nos catachrèses. Les feuilles des arbres remontent à la création ; le mot *feuilles* est le mot primitif ; lorsqu'on trouva le moyen de faire du papier, de faire des plaques très-minces avec les métaux, on compara ces nouveaux produits avec ce qu'on connaissait ; on vit que, pour la ténuité et la légèreté, ils ressemblaient aux feuilles des arbres, et on se mit à dire : des *feuilles de papier*, des *feuilles d'or*, de *plomb*, de *zinc*, etc. Adrienne, si vous voulez entendre des catachrèses par centaines, faites-vous conduire chez l'inventeur d'une mécanique nouvelle, et priez-le de vous donner des explications sur son travail. Tout ce qui sera rond, long et d'une certaine finesse, il l'appellera *fil*, lors même que ce serait du bois ; tout ce qui tournera, il le nommera *roue*, lors même que ce serait un carré ; tout ce qui sera brillant, poli et façonné de manière à réfléchir une image, sera décoré du nom de *glace*, lors même que ce serait du cuir ; et, dans ce dernier cas, comme vous le voyez, la catachrèse sera formée sur une autre catachrèse.

ADRIENNE.

Merci, Hortense ! Cette explication me charme. Je reconnais que nos livres contiennent bien des choses qu'ils ne disent pas.

CAROLINE.

Il me reste l'antonomase. C'est un trope qui n'a que deux applications. Ou il prend un nom propre et en fait un nom commun ; ou il prend un nom commun et en fait un nom propre. Je ferai la figure de première espèce, si j'appelle sainte Geneviève, *la patronne de Paris* ; je ferai la seconde, si je dis d'Émilie, c'est une *Sévigné*.

AGATHE.

Cette figure, Mesdemoiselles, ne vous semble-t-elle pas très-adroite ? Elle vous flatte en faisant appel à vos connaissances historiques ; elle élève un grand homme au-dessus de tous ses rivaux. Une antonomase que nous entendons très-souvent est celle-ci : *L'Homme-Dieu*, pour Notre-Seigneur Jésus-Christ. C'est, de plus, un remarquable exemple d'apposition.

MARIE.

Caroline nous a prévenues que les quatre figures qu'elle vient d'expliquer pouvaient être confondues avec la métaphore ; il serait bon de préciser en quelques mots les différences que les cinq tropes présentent.

ÉMILIE.

C'est ce que je vais faire : la métaphore tourne une expression de l'ordre naturel à l'ordre intellectuel, et cela par comparaison. — La catachrèse fait la même chose dans l'ordre naturel seulement, et par imitation. — L'antonomase ne prend ses termes de comparaison que dans l'histoire. — La synecdoque diminue ou augmente le sens de l'expression qu'elle emploie. — La métonymie ne consiste qu'en une simple-corrélation des mots.

MARIE.

Je voudrais quelque chose de plus concis.

HORTENSE.

La métaphore *compare*. — La catachrèse *imite*. — L'antonomase *cherche dans l'histoire*. — La synecdoque dit *plus ou moins*. — La métonymie *change simplement les noms*.

MARIE.

Apprenons cette phrase par cœur, et nous n'aurons aucune peine à distinguer ces tropes les uns des autres. Qui veut nous parler de la métalepse?

ÉMILIE.

Je vais tâcher d'expliquer ce trope difficile à bien former et d'un emploi peu fréquent. C'est une figure qui explique ce qui précède, pour faire comprendre ce qui suit, ou bien ce qui suit, pour faire comprendre ce qui précède. Ici, il n'y a ni comparaison ni imitation; il y a *passage d'une idée à une autre*. L'idée qui exprime la métalepse n'est pas l'idée réelle; l'auditeur a tout le mérite de trouver cette dernière. En formant une métalepse, il faut donc sous-entendre un mot.

ISABELLE.

C'est ici qu'il nous faut un exemple clair.

ÉMILIE.

Isabelle, vous *connaissiez* ma tante Duval; elle *vivait*...

ISABELLE, *vivement*.

Comment! elle est morte!

ÉMILIE.

Vous voyez l'effet qu'a produit sur vous la métalepse.
D'un fait énoncé vous avez tiré vous-même une consé-
quence. Votre esprit a passé d'une idée à une autre, avant
de me laisser achever ma phrase : car ma tante Duval se
porte bien. C'est ce que nous appelons *métalepse de l'antécédent pour le conséquent.*

ISABELLE.

Cet effet est charmant; ce serait annoncer une mauvaise nouvelle avec une précaution très-délicate.

ÉMILIE.

Autre effet. Si je vous avais dit : *Nous pleurons ma tante
Duval.*

ISABELLE.

J'aurais répondu de même : *Comment! elle est morte!*

ÉMILIE.

Eh bien ! d'un fait postérieur, vous auriez passé à un
fait antérieur, et la figure aurait été appelée *métalepse du
conséquent pour l'antécédent.*

ISABELLE.

C'est une vraie figure de pensée que vous développez,
Emilie.

ÉMILIE.

Non ; ce n'est qu'un simple trope ; car notre expression
ne dit pas ce qu'elle devrait dire. La métalepse a un effet
bien plus piquant, quand au lieu d'une seule idée, elle réveille dans l'esprit une succession d'idées. Vous connaissez
toutes la belle métalepse d'un grand poëte : *Après quelques
épis,* dit-il, et ces mots nous font penser d'abord à la mois-
son, ensuite à l'été, puis à l'une des quatre saisons, puis

à l'année, et nous voyons que le poëte a voulu dire : *Après quelques années.*

FRANÇOISE.

Cela est réellement beau, Emilie. Si au lieu des mots : *Après quelques roses,* je disais : *après quelques printemps,* ne ferais-je point une métalepse?

ÉMILIE.

Non, Françoise, vous ne feriez qu'une synecdoche de la partie pour le tout. Vous n'auriez pas à passer en revue plusieurs idées ; vous n'en auriez qu'une seule à examiner, celle de l'année ; tandis que, pour former une métalepse, il faut au moins deux idées.

ADRIENNE.

Vous me rappelez, Émilie, une métalepse que j'ai lue tout à l'heure dans une lettre écrite à mon frère. C'est un grand chasseur ; un de ses amis l'engage à aller s'exercer sur ses terres : *Arrivez,* lui dit-il, *avec la première caille. Caille* réveille l'idée de la *chasse ;* la *chasse* réveille l'idée du mois de *septembre ;* le mois de septembre réveille l'idée du passage des cailles qui commence dès les premiers jours du mois. On a donc écrit à mon frère : *arrivez du 1er au 5 septembre.*

MARIE.

Dans tous les cas analogues, la figure ouvre pour ainsi dire une porte aux idées, qui s'échappent l'une après l'autre. Laure et vous, Claire, n'avez-vous pas aussi votre provision de tropes ?

LAURE.

Je choisis l'*hyperbole* et la *litote.* La première consiste à dire des choses plus fortes et plus étendues qu'elles ne le sont réellement ; la *litote* fait tout le contraire, elle paraît affaiblir ce qu'elle veut laisser à entendre dans toute son énergie.

PAULINE.

Nous connaissons l'hyperbole; nous nous en servons à chaque instant. *Cette montagne touche le ciel; la vie de l'homme ne dure qu'un jour.*

MARIE.

Remarquons encore une fois, mes amies, à l'aide de ces deux exemples très-fréquents dans le discours, par quels procédés se forment les tropes. *Cette montagne touche le ciel,* exprime une idée qui n'est pas vraie, mais les yeux ne distinguent pas la distance qui séparent la montagne et le ciel; et, en parlant, nous exprimons le seul objet visible, nous formons une figure. C'est ainsi que se comportent tous les tropes. La grammaire n'a rien à dire.

AGATHE.

Elle a une réserve à faire. L'on doit éviter, dans l'hyperbole, de rendre l'objet visible par un terme bas, outré, ou ridicule; sans cette précaution la figure manque son effet. Si quelqu'un disait : *Cette colonne s'élance jusqu'à la lune,* il se servirait d'un terme outré et risible; *cette plaine n'est pas plus grande qu'un mouchoir de poche,* serait une expression triviale.

FRANÇOISE.

Nous apprenons qu'il faut prendre garde à tout excès, même dans l'hyperbole, à qui je croyais tout permis. En sera-t-il de même pour la litote?

LAURE.

A bien plus juste raison; car la litote est une figure très-délicate et dont l'emploi heureux n'est ni commun ni facile. L'expression doit être affaiblie, mais la pensée doit conserver son énergie. Dimanche dernier, à la sortie de l'office, Isabelle me parlait du sermon. Le prédicateur s'était écrié avec enthousiasme : *Non, Dieu ne veut point la mort du pécheur;* mais il n'avait pas développé cette pensée. Isabelle trouvait dans cette phrase une contradiction : *Comment,* me disait-elle, *le pécheur offense Dieu, et Dieu ne veut point qu'il soit puni?* C'est une contradiction.

ISABELLE.

Laissez-moi achever, Laure. Vous m'avez répondu : *C'est une litote. Dieu, la bonté même, veut que le pécheur vive, afin qu'il fasse pénitence.* C'est ce que le prédicateur n'a pas dit, il est vrai, mais il nous l'a laissé à deviner. Et son expression est bien plus énergique. En réfléchissant sur ces paroles de Laure, j'ai trouvé admirable l'artifice de la litote.

CLAIRE.

C'est à mon tour, je vous apporte l'*ironie* et l'*euphémisme.*

ADRIENNE.

Ces figures sont bien mal associées : l'*ironie* est la cruauté ; l'*euphémisme* est la douceur.

CLAIRE.

Cela est vrai! mais tout, en ce monde est contraste. L'ironie, Mesdemoiselles, vous la connaissez, vous l'employez vingt fois par jour et à tout propos ; elle sert à exprimer vos sentiments en sens divers ; votre joie, votre mécontentement, votre dépit, votre colère, votre amitié. Au besoin, si vous vous mettiez en ce cas (je ne l'ai jamais vu), elle peindrait votre fureur. Je demande ici à ce que les figures de pensées se partagent en deux camps. Pauline, Françoise, témoignez-moi de l'amitié; Isabelle, Adrienne, dites-moi des injures.

ISABELLE.

Vous êtes charmante avec vos distinctions!

ADRIENNE.

Vos tropes, ma foi! font une belle figure!

PAULINE.

Claire, c'est dommage que vous n'ayez pas une robe noire.

FRANÇOISE.

Chère amie, vous parlez comme un livre.

CLAIRE.

Laquelle de ces quatre ironies est la plus forte?

HORTENSE.

Évidemment c'est celle d'Adrienne; elle respire le courroux; celle d'Isabelle le mépris; les deux autres sont des railleries amicales.

CLAIRE.

Prenons garde à ne point offenser nos interlocutrices en employant l'ironie; mais, en matière d'euphémisme, ayons la plus grande liberté. En effet, on déguise ici des choses désagréables, et c'est ce qu'il est bon de faire toujours. Quand un pauvre nous demande la charité, lorsque notre bourse est à sec, nous lui disons : *Dieu vous assiste !* ceci signifie : *Je n'ai rien à vous donner;* mais quand, par hasard, nous avons de la monnaie, et que nous lui avons fait l'aumône, que dit le pauvre? *Dieu vous bénisse, Mademoiselle,* au lieu de : *Je vous remercie.*

Les euphémismes de cette sorte sont d'un grand effet; ils mettent la puissance de Dieu à la place de l'impuissance de l'homme.

MARIE.

L'examen des tropes est presque fini.

ÉMILIE.

Il en reste six : l'hypotypose, la périphrase, l'allusion, la communication, l'allégorie et l'hypallage.

HORTENSE.

Vous aurez à en retrancher quelques-uns.

ÉMILIE.

Lesquels ?

MARIE.

Nous verrons tout à l'heure. Parlez-nous de l'hypotypose.

ÉMILIE.

L'hypotypose est un trope qui supprime le temps passé,
pour mettre à la place le temps présent. Cette figure se
rencontre à chaque instant dans la conversation ; elle forme
un tableau ; les faits qui ne sont plus se présentent sous
nos yeux.

MARIE.

Pour juger de cet artifice de langage, racontez-nous une
anecdote où se trouvera l'hypotypose.

ÉMILIE.

Au mois de juin dernier, il fut décidé que nous irions
voir l'ermitage situé à deux lieues d'ici. Nous partîmes par
une belle matinée. L'air était frais, le ciel pur, et tout nous
présageait une journée magnifique. Nous avions pris nos
vêtements les plus légers ; fines bottines, robes de mousse-
line, chapeaux de paille à jour, avec nos ombrelles vertes.
Nous fîmes le chemin d'un pas de gazelle. L'ermite nous
offrit du lait et des fruits ; nous visitâmes tous les environs,
et nous ne songeâmes à notre retour qu'à quatre heures
du soir. Après une marche d'une heure, nous nous trou-
vions sur la colline stérile qui sépare le bois de la plaine.
Tout à coup (*La présidente frappe*) de gros nuages paraissent menaçants sur nos têtes ; la forêt s'agite à l'horizon ;
le vent nous apporte le fracas d'arbres brisés. Nous nous
regardons avec épouvante ; point d'ombrages tutélaires
près de nous, partout un terrain sablonneux et sans végé-

tation. Sans nous dire le moindre mot, poussées toutes ensemble comme par un ressort, nous nous élançons en courant. Le sol retentit sous nos pas agiles. Nous découvrons bientôt les murs du pensionnat qui semblent nous tendre leurs portes. A ce moment (*La présidente frappe*), un effroyable coup de tonnerre nous arrête ; les nues sont déchirées par les éclairs ; des tourbillons de poussière nous enveloppent ; l'ouragan siffle ; la tempête éclate ; la foudre tombe à nos pieds. Un seul cri retentit : *Nous sommes perdues !* La pluie s'abat violemment sur nos têtes ; la grêle nous meurtrit après avoir brisé nos ombrelles. Enfin Dieu prend pitié de nous. D'un souffle puissant il envoie sur la plaine le météore homicide ; le ciel reprend son azur, et nous pouvons atteindre le pensionnat, où l'on nous donne les soins que réclamait notre triste état.

MARIE.

Mes amies, vous avez écouté ce récit avec un grand intérêt. C'est ce qu'on nomme un tableau, et c'est l'hypotypose qui le rend saisissant et pour ainsi dire visible ; car nos yeux voyaient la position d'Emilie et de ses compagnes. J'ai frappé deux fois, la première au moment où l'hypotypose a commencé, et la seconde, lorsque le tableau atteignait son plus haut degré de beauté. L'hypotypose n'arrive point dans le discours sans préparation ; elle est annoncée ordinairement par un adverbe : *Tout à coup, bientôt, alors,* et d'autres mots équivalents.

HORTENSE.

La grammaire recommande une grande réserve dans l'emploi de cette figure, comme dans toutes celles à grand effet ; une narration, toute en hypotyposes, serait sans agrément.

ÉMILIE.

Et la *périphrase*, Mesdemoiselles, ne l'admirerez-vous point ? N'est-ce pas elle qui empêche les redites dans le

3.

discours? Qui déguise les mots désagréables? Qui éclaircit
ce qui est obscur? C'est la périphrase.

HORTENSE.

Mais définissez-la d'abord, Emilie.

ÉMILIE.

La périphrase emploie, au lieu de l'expression propre,
un petit développement qui est l'équivalent du mot sup-
primé. L'*auteur de la nature,* pour Dieu. *Les habitants du
monde,* pour les hommes. L'*esprit céleste chargé de nous
guider dans les sentiers de la vie,* pour l'ange gardien. Dans
ce dernier exemple, il y a *image* ou *portrait;* et cet effet se
produit toutes les fois que la périphrase a un certain développement. La périphrase peut contenir quelquefois des
images différentes, comme dans ces vers :

> Celui qui de la nuit a fait tomber les voiles;
> Celui qui dans les cieux, a semé les étoiles;
> Celui par qui tu vis, dont les puissantes mains
> Ont façonné le monde et créé les humains.

Quatre vers pour un seul mot, *Dieu!*

HORTENSE.

Nous ne contestons point le mérite de la périphrase ;
mais prenons-y garde : il faut qu'elle soit noble, c'est-à-
dire qu'elle relève les objets, et non qu'elle les présente
sous un aspect trivial. Pour désigner un objet rebutant, par
exemple, l'animal domestique qui est élevé dans la petite
cabane au fond de la cour, Delille a très-bien dit :

.... L'animal qui se nourrit de glands.

Mais si quelqu'un, changeant la périphrase, venait nous
dire : *L'animal dont le sang sert à faire des boudins,* quelle
grâce aurait-il?

CAROLINE.

Il me semble que la périphrase est une sorte d'*allusion.*

HORTENSE.

En quelques cas, Caroline ; mais parlez-nous de l'*allusion ?*

CAROLINE.

L'*allusion* est une figure qui réveille les idées connues, au moyen desquelles on laisse à l'auditeur le soin de compléter ce que l'on dit.

HORTENSE.

Très-bien, Caroline. Cette définition est plus concise que celles que nous avons.

CAROLINE.

On cite dans nos traités quelques exemples d'allusions ; mais ils ne sont pas bien saillants. En voici un qui m'a causé une surprise agréable. Lundi matin, nous avions lu, Adrienne et moi, une notice sur la vie de César, et nous nous étions arrêtées sur le passage où l'on rapporte que cet empereur dictait des lettres à ses secrétaires en quatre langues différentes. Le soir, l'idée me vint d'écrire en italien à ma cousine de Milan, et je priai Adrienne de m'aider. Savez-vous ce qu'elle me répondit.

ADRIENNE.

Une chose bien vraie : *Je ne suis pas un César.*

CAROLINE.

Par allusion à notre lecture de la matinée.

ISABELLE.

Dans les paroles d'Adrienne, il n'y avait pas *trope,* l'expression n'était point détournée de sa signification naturelle.

HORTENSE.

Mille pardons, Isabelle ! Il y avait *trope* par syllepse. *César* était dans la bouche d'Adrienne ; mais *écrivain en plusieurs langues* était dans sa pensée.

MARIE.

Isabelle savait bien cela, Hortense, mais elle est dans son rôle, et vous auriez pu laisser aux tropes le soin de se défendre. Je vous dirai moi-même quelques mots du trope qu'on appelle *communication,* parce que le nom de cette figure est commun aux deux sections. Il y a *communication dans les paroles,* lorsque celui qui n'a point pris part à une chose parle comme s'il s'en était mêlé. Ainsi, vous m'avez nommée votre présidente, et je dois diriger vos débats avec impartialité, sans y prendre part, autrement que par de simples réflexions. Quand j'ai à relever une faute dans votre dialogue, je ne vous dis pas : *Vous avez fait telle chose;* mais : *Nous avons fait telle chose.* Je prends ma part de la faute, quoiqu'elle me soit étrangère. Et cela vous paraît moins dur à entendre. — Je crois que nous avons fini.

LAURE.

Nous avons encore l'allégorie.

HORTENSE.

L'allégorie! nous n'en voulons pas.

ADRIENNE.

Nous la rejetons également.

LAURE.

Ce trope est donc bien malheureux.

HORTENSE.

De deux choses l'une, ou l'allégorie n'est formée que par quelques mots, alors c'est une métaphore; ou bien elle est prolongée pendant quelque temps; en ce cas, c'est un genre particulier de composition.

MARIE.

Nous pouvons conserver, mes amies, l'allégorie dans la famille des tropes, à la condition qu'elle ne servira que d'emblème en certains cas. Si je vous disais : *Le temps est un vieillard avec des ailes et une faulx,* quelle figure emploierais-je, Hortense, Adrienne?

HORTENSE.

Dans cette phrase, il y aurait tout à la fois métaphore et allégorie, cela est vrai.

ADRIENNE.

Oui, mais l'allégorie est bien plus visible que la métaphore. Allons! nous avions tort.

MARIE.

Laissons donc aux tropes l'allégorie. La discussion maintenant....

ÉMILIE, *interrompant.*

Et l'hypallage, Mesdemoiselles, l'hypallage que vous laissez à la porte.

ISABELLE.

L'hypallage! que nous veut ce grec?

HORTENSE.

Oh! pour celui-là, il n'entrera pas ici.

ÉMILIE.

Il n'entrera pas! c'est ce que nous allons voir. Je suppose, Isabelle, que vous avez été témoin d'un combat entre deux hommes. L'un a donné un coup de poing sur le chapeau de son adversaire, de telle sorte que le chapeau a été enfoncé jusqu'au menton. Comment raconteriez-vous ce détail? Vous n'allez pas enfoncer, j'espère, la tête du vaincu.

ISABELLE.

Non! j'enfoncerai le chapeau.

ÉMILIE.

Où l'enfoncerez-vous?

ISABELLE.

Mais sur la tête!

ÉMILIE.

Comment! sur la tête! mais la tête est dans le chapeau.

ISABELLE.

Je dirai que le chapeau a été enfoncé, sans rien ajouter.

ÉMILIE.

Mais votre expression serait inexacte; car par ces mots vous ne donneriez pas à entendre que le chapeau est descendu jusqu'au menton. On croira que le chapeau a été aplati ou défoncé.

MARIE.

Vous êtes dans l'embarras, Isabelle. Il faut bien convenir qu'on dira : *On lui a enfoncé son chapeau dans la tête jusqu'au menton.*

ÉMILIE.

Eh bien! voilà l'hypallage!

HORTENSE.

Nous ne permettrons jamais cette faute contre la langue.

ÉMILIE.

Hortense! vous vivez au fond de la Sibérie. Le climat froid de ce pays vous a donné déjà une fluxion de poitrine. Vous êtes revenue parmi nous pour vous rétablir. Vous voilà guérie, mais vous allez repartir. Je crains pour vous une rechute, et je dis en vous embrassant : *Le vent glacé du nord me fera mal à votre poitrine.* Comprendrez-vous mon hypallage?

HORTENSE.

Oui, sans doute, mais je ne l'approuverai pas au point de vue grammatical.

MARIE.

Voyons, entendons-nous! Emilie, comment voulez-vous définir l'hypallage?

EMILIE.

L'hypallage est un renversement des mots fait en faveur des idées, malgré les lois de la grammaire.

HORTENSE.

Ah! vous ajoutez aux définitions connues : *malgré les lois de la grammaire*. Cela est très-adroit, Emilie ; alors recevez l'hypallage, les apparences sont sauvées.

MARIE.

Pensez-vous, mes amies, que nous pouvons appliquer, tout ce que nous venons de dire à l'élégance du langage avant d'avoir entendu les figures de pensées?

ADRIENNE.

O Marie, cela serait impossible.

MARIE.

Je le crois aussi, mais l'heure s'est écoulée, et nous ne pouvons pas entreprendre les figures de pensées pour n'en examiner qu'une partie. D'ailleurs, nous aurons besoin de joindre à l'étude des figures, celle non moins intéressante des beautés cachées du style, comme l'*euphonie,* les *inversions,* l'*harmonie,* les *images,* le *sublime.* Ce n'est qu'après avoir bien compris tout ce qui constitue l'élégance, que nous pourrons essayer de faire un exercice en style élégant et soutenu, comme la conversation qui a lieu entre personnes d'une grande instruction.

HORTENSE.

Renvoyons alors à notre première réunion l'examen des figures de pensées.

MARIE.

C'est ce que j'allais vous proposer. (*Elle se lève, descend de son siège, et s'avance vers l'auditoire; les interlocutrices, après s'être levées, se rejoignent pour former le demi-cercle autour de Marie.*)

MARIE, *au public.*

Mesdames,

Votre indulgence nous est toujours acquise, je le sais, et c'est pour nous une grande faveur; mais en ce jour, nous la réclamons plus spécialement. Vous venez d'entendre une langue à part, peu connue par ses mots, quoique parlée par toutes les classes de la société. Les tropes sont des artifices, vous l'avez vu; nous ne nous en servirons au sein du foyer que pour vous témoigner plus vivement notre amour et notre respect. Vous sourirez alors en pensant à ce que nous avons dit aujourd'hui, mais vous serez convaincues que c'est le cœur qui parle, quelle que soit la figure que prononce la bouche, lorsque nous vous dirons soir et matin, comme à tout instant du jour : Bonnes mères, soyez bénies, et veuillez nous aimer toujours!

FIN.

SAINT-CLOUD. — IMPRIMERIE DE Mme Ve EUG. BELIN.

www.ingramcontent.com/pod-product-compliance
Ingram Content Group UK Ltd.
Pitfield, Milton Keynes, MK11 3LW, UK
UKHW020018080726
13614UKWH00003B/1444